クリストファー・ロビンのうた

A・A・ミルン
E・H・シェパード絵

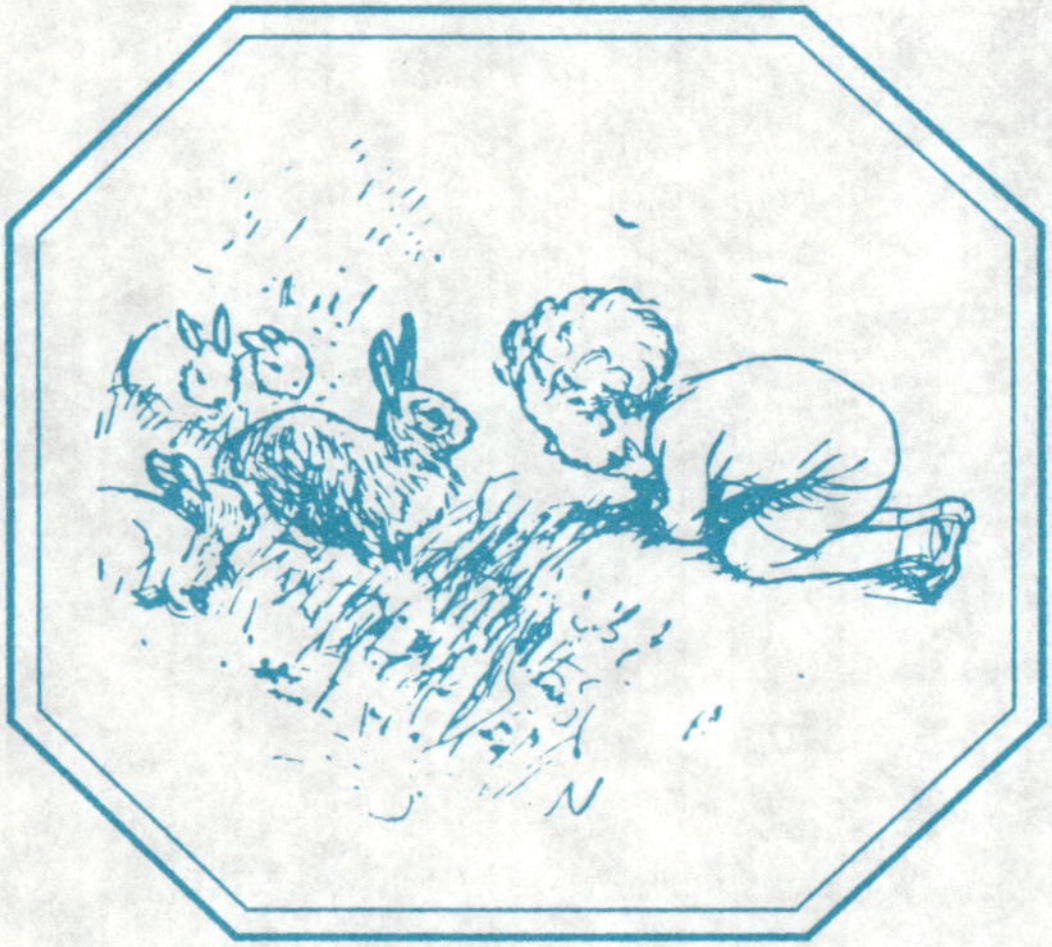

小田島雄志・小田島若子訳

河出書房新社

クリストファー・ロビンのうた　目次

まずはじめに　A・A・ミルン …… 5
まがりかど …… 11
バッキンガムきゅうでん …… 12
しあわせ …… 14
なまえをつけよう …… 16
子《こ》いぬとぼく …… 18
つまさききらきら …… 21
四ひきのともだち …… 22
せんとしかく …… 24
こびと …… 26
いちにんまえ …… 27
子《こ》どもべやのいす …… 28
いちば …… 33
ラッパずいせん …… 41
すいれん …… 42
いうことをきかないおかあさん …… 44
はるの朝《あさ》 …… 48
島《しま》 …… 50

三《さん》びきの子《こ》どもぎつね……53
おぎょうぎよく……56
ジョナサン・ジョー……58
どうぶつえん……61
メアリー・ジェーン……63
まいご……67
王《おう》さまのあさごはん……69
ぴょこん……75
おうちで……76
おうちじゃない……77
なつの午後《ごご》……80
ネムリネズミとおいしゃさん……81
くつとくつした……88
つまさきのあいだのすな……90
騎士《きし》と貴婦人《きふじん》……92
ボーピープとボイブルー……94
かがみ……99
はんぶんおりたところ……100
侵入者《しんにゅうしゃ》たち……103

おやつのまえに　105
テディ・ベア　107
わるい騎士《きし》ブライアン・ボタニー　114
ぼくだって　118
錬金術師《れんきんじゅつし》　120
おとなになる　122
なってみたいな　王《おう》さまに　123
おやすみのおいのり　125
訳者《やくしゃ》あとがき　128

まずはじめに

さいしょ、わたしは（そのご、きがかわったのですが）、ウィリアム・ワーズワースのまねをして、詩《し》の一《ひと》つ一つにちょっとした注《ちゅう》をつけようとおもっていました。ワーズワースは、ある詩をかこうとおもいついたとき、じぶんがどこにいたか、どんなともだちといっしょにさんぽしていたか、なにをかんがえていたか、というようなことを、よんでくれる人《ひと》におしえたいとおもったのです。

この本《ほん》のなかに、白鳥《はくちょう》の詩がでてきます。みなさんがそこまでよんでくださったとき、わたしはつぎのような注をつけたかったのです、「クリストファー・ロビンは、まいあさえさをやるこの白鳥に、〈プー〉というなまえをつけました」これはいいなまえでしょう、だって、よんでもこないときに（白鳥はよくそういうしつれいなことをします）、ちっともきてほしくないのでただ「プー」といっただけだ、というふりをすることができますから。それからまた、みなさんにつぎのようなこともおはなししたかったのです——まいにち、ごごになると、〈プー〉の湖《みずうみ》に水《みず》をのみにくる六ぴきのめうしがいて、くるたびにかならず「ムー」となきます。あるはれた日《ひ》に、わたしはともだちのクリストファー・ロビンとさんぽしながら、こうおもいました、「〈ムー〉と〈プー〉とはならべてみるとおもしろい音《おと》だ。これで詩ができないだろうか？」そこでわたしは、湖にうかんでいる白鳥のことをかんがえはじめました。はじめのうちは、そのなまえが〈プー〉であるために、おもしろい詩がかけそうだとおもっていました。ところが、やがてそのことはすっかりわすれてしまいました……そして、できあがった詩は、さいしょにかこうとおもったものとはまったくちがったかたちになっていました……いま、わたしにいえることは、もしもクリストファー・ロビンがいなかったら、あの詩はかかなかったろう、ということだけです。そしてそれは、ほかのどの詩についてもいえることです。そういうわけで、この本にでてくる詩はみんなクリストファー・ロビンのともだちみたいなものですから、ここになかよくならんでいるのです。ある詩がそのまえの詩とにていないからといって、ここからおいだしてしまうと、そのまえの詩ももう一つまえの詩とにていないために、おいださなければなりません。そんなことをしたらみんながっかりするでしょう。

　それから、もう一つ。みなさんはときどき、この本の詩をしゃべっているのはだれなのだろう、とくびをかしげることがあるかもしれません。作者《さくしゃ》という、あのふしぎな、それでいておもしろくない人でしょうか、クリストファー・ロビンでしょうか、ほかの男《おとこ》の子《こ》か女《おんな》の子でしょうか、ばあやでしょうか、それとも、フーでしょうか？　わたしがワーズワースのやりかたをまねしていたら、一つ一つの詩についてせつめいできたはずです。ところがそうしなかったので、それはみなさんがじぶんできめなければならないことになりました。よくわからないばあいは、たぶんそれはフーでしょう。みなさんはまだフーにあったことがないかもしれませんが、フーは、月《げっ》よう日《び》には四《よっ》つ、火《か》よう日には八《やっ》つ、そして土《ど》よう日には二十八さいにもみえる、あのきみょうな子どものひとりなのです。だけど、なんよう日に、かたことではなく、ただしいことばをしゃべることができるのかは、だれにもわかりません。フーは、この本の詩をかくのに、おおいに力《ちから》をかしてくれました。じつをいえば、この本は、クリストファー・ロビンと、フーと、えをかいてくれたシェパードさんの、三人《さんにん》だけの力でできたものといえるほどです。三人はなんどもおたがいに、「ありがとう」といっていました。そしていま、三人は、みなさんがおうちにつれていってくれたことをかんしゃして、こういっています。「わたしたちをおうちによんでくれて、ほんとうにありがとう。わたしたちはきましたよ」

A・A・ミルン

クリストファー・ロビンのうた

ブックデザイン
鈴木千佳子

まがりかど

はしれよはしれ　まがりかど
三《みっ》つのみちの　まがりかど
はしってまがると　おっとっと
あしがすべるぞ「ツツツィー」っと
ほうらすべった　あれだれだ？
あのくつは　うん　ばあやのだ
あのくつは　うん　パーシーのだ
ツツツィー　ツツツィー　おっとっと

バッキンガムきゅうでん

バッキンガムきゅうでんのへいたいさん
クリストファー・ロビンはアリスとみにいった
アリスはへいたいさんとけっこんするんだって
「へいたいさんのくらしってつらいのよ」
　　　　　　　　とアリスはいう

バッキンガムきゅうでんのへいたいさん
クリストファー・ロビンはアリスとみにいった
もんのそばにへいたいさんがたっていた
「ぐんそうさんがふくそうしらべるのよ」
　　　　　　　　とアリスはいう

バッキンガムきゅうでんのへいたいさん
クリストファー・ロビンはアリスとみにいった
王《おう》さまをみたかったけどでてこない
「でもきっと王さまはおげんきよ」

とアリスはいう

バッキンガムきゅうでんのへいたいさん
クリストファー・ロビンはアリスとみにいった
にわのなかでは大《だい》パーティーだ
「あたしは王さまなんかになりたくないわ」
とアリスはいう

バッキンガムきゅうでんのへいたいさん
クリストファー・ロビンはアリスとみにいった
ひとりかおだしたけど王さまじゃない
「王さまはサインでいそがしいのよ」
とアリスはいう

バッキンガムきゅうでんのへいたいさん
クリストファー・ロビンはアリスとみにいった
「王さまは知《し》ってるかな　ぼくのこと」
「知ってるわ　でもいまはおやつのじかんよ」
とアリスはいう

しあわせ

ジョンはね
おおきな　おおきな
あめふりようの
ながぐつはいたの
ジョンはね
おおきな　おおきな
あめふりようの
ぼうしかぶったの

ジョンはね
おおきな　おおきな
あめふりようの
レインコートきたの
そしてね
（ジョンがいうにはね）
それは
こんなの

なまえをつけよう

ちっちゃいネムリネズミくん
なんてよぼうか
おめめはちっちゃいのに
しっぽはながあああい

いたずらジョンてよぼうか
だってしっぽが
ジョジョジョーンてのびるんだ
いたずらジャックってよぼうか
だってしっぽが
ジャックナイフみたいなんだ
いたずらジェームズってよぼうか
だってしっぽが
テームズ川《がわ》みたいにムズムズうごくんだ

でもぼくやっぱりジミーってよぶよ

おさななじみーのネムリネズミだもの

子《こ》いぬとぼく

さんぽしてたらおじさんにあった
おはなししたんだ
おじさんと
「おじさん　おじさん　どこへいくの？」
(すれちがうとき　きいたんだ)
「村《むら》までパンをかいにいく
いっしょにくるかい？」「ううん　いかない」

さんぽしてたらうまくんにあった
おはなししたんだ
うまくんと
「うまくん　うまくん　どこへいくの？」
(すれちがうとき　きいたんだ)
「村までほしくさかいにいく
いっしょにくるかい？」「ううん　いかない」

さんぽしてたらおばさんにあった
おはなししたんだ
おばさんと
「おばさん　おばさん　どこへいくの?」
(すれちがうとき　きいたんだ)
「村までおおむぎかいにいく
いっしょにくるかい?」「ううん　いかない」

さんぽしてたらうさぎたちにあった
おはなししたんだ
うさぎたちと
「うさぎくん　うさぎくん　どこへいくの?」
(すれちがうとき　きいたんだ)
「村までからすむぎかいにいく
いっしょにくるかい?」「ううん　いかない」

さんぽしてたら子いぬくんにあった
おはなししたんだ
子いぬくんと

「ちびくん　ちびくん　どこへいくの？」

（すれちがうとき　きいたんだ）

「おかのうえでころがってあそぶんだ」

「いっしょにいくよ　子いぬくん」

つまさききらきら

お日《ひ》さまが
りんごのはっぱをとおしてひかる
お日さまが
りんごのはっぱのかげをつくる
ぼくは
じめんのうえの
かげのはっぱからかげのはっぱへ
おにいさんはっぱからおとうとはっぱへ
ひらあり　ひらあり
とんでいく

四ひきのともだち

アーネストはぞう　からだがでっかい
レナードはライオン　しっぽがながい
ジョージはやぎ　ひげがきいろい
そしてジェームズはちびのかたつむり

アーネストのかこい　じょうぶにできてる
レナードのこや　しっかりできてる
ジョージのおり　でもじぶんのじゃない
そしてジェームズはれんがのうえ

アーネストがほえる　かこいがバリンバリン
レナードがほえる　こやがブルンブルン
ジェームズはこわがって　ひめいをあげる
だれにもなんにもきこえない

アーネストがほえる　おとはグォーングォーン
レナードがほえる　あしでドシンドシン
ジェームズはつのをだし　ながいたびにでる
そしてやっとついたのはれんがのはじっこ

アーネストはぞう　こころがやさしい
レナードはライオン　しっぽがすばらしい
ジョージはやぎ　それはまえにいったとおり
でもジェームズはただのかたつむり

せんとしかく

ほどうをあるくときいつも
ぼくはあしもとにきをつける
しかくいところではなく
せんをふんでしまうと
まちかまえていたくまたちが
そんなおばかさんはたべちゃうぞと
とびかかってくるからだ
そしてぼくはいつもくまたちに
いってやるんだ　「どうだい
ぼくはしかくいところしかふまないよ」

ちいさなくまたちはいう　「いいかい
あの子《こ》がせんをふんだらぼくがたべるぞ」
おおきなくまたちはしらんかおして
せんをふんでもしかくいところをふんでも
かまわないぞっていうふりをしている
だけどほんきにするのはおばかさんだけ
あしもとにきをつけることはだいじなんだ
そしてぼくはいいきもちで
いってやるんだ　「どうだい
ぼくはしかくいところしかふまないよ」

こびと

へやのすみに　おおきなカーテン
そのうしろに　だれかがいる
だれだかぼくも　わからない
こびとじゃないかとおもうけど
ほんとかどうかわからない
（ばあやにだってわからない）

のぞいてみると　にげるんだ
「こんにちは」も　いわないで
だまってこそこそ　にげるんだ
あれはこびとにまちがいない
とってもすばしっこいこびと
（ばあやもそうだといっている）

いちにんまえ

どうしても　どうしてもぼく　きらいだった
「きをつけなさい」っていわれるの
どうしても　どうしてもぼく　いやだった
「手《て》をつなぎなさい」っていわれるの
どうしても　どうしてもぼく　はらがたった
「木《き》にのぼってはだめ」っていわれるの
いってもだめなのに　おとなたちはわからない

子《こ》どもべやのいす

このいすは　みなみアメリカ
このいすは　うみのふね
このいすは　ライオンのおり
そしてこのいすは　ぼくのいす

〈一ばんめのいす〉

アマゾン川《がわ》をのぼっていく
よるになると　てっぽうをうつ

ぼくはけらいにあいずする
するとふたあり　さんにんと
インディアンが　やってくる
木《き》のあいだからかおだして
ぼくのじょうりくをまっている
あそびたくない日《ひ》には
きょうはいいよって手《て》をふると
インディアンはかえっていく
とってもものわかりがいいんだ

〈二ばんめのいす〉

ぼくはおおきなライオンだぞ
おりのなかからウォーッ　ウォーッ
ばあやをこわがらせるんだ
それからばあやをギューッとだいて
こわがらなくてもいいといってやる
するとばあやはもうこわがらない

〈三ばんめのいす〉

ふねにのると　すぐそばを
ほかのふねがとおっていく
おおきなふねがとおるとき

すいふがひとり　ぼくをよぶ
うみのうえにみをのりだして
「せかいを一しゅうするみちは
これでいいかい」ってよんでいる

〈四ばんめのいす〉

ごはんやおやつをたべるために
あしながいすにすわるときは
それはぼくのいすだっていうふりをしよう
そして三《みっ》つのあかちゃんだっていうふりをしよう

みなみアメリカにいってみようか
ふねにのってうみにいってみようか
おりにはいってライオンになってみようか
それとも――ただのぼくになろうか

いちば

一ペニーもらった
ピカピカひかるやつ
しっかりにぎって　かけだした
いちばまでいってみた
ほしかったのは　うさぎくん
ちいさい茶色《ちゃいろ》の　うさぎくん
ぼくはさがした　うさぎくん
あっちもこっちも　そこらじゅう

花《はな》やへいってみた
ラベンダーをうっていた
（「ひとたばたったの　一ペニー」）
「うさぎはないの？　だってぼく
いらないんだよ　ラベンダー」
でも花やにはいなかった
うさぎはいなかった

一ペニーもらった
もう一ペニーもらった
しっかりにぎって　かけだした
いちばまでいってみた
ほしかったのは　うさぎくん
ちいさい子《こ》どもうさぎくん
ぼくはさがした　うさぎくん
あっちもこっちも　そこらじゅう

さかなやへいってみた
青《あお》いさばをうっていた
(「さばはペニーが　二まいだよ」)
「うさぎはないの？　だってぼく
きらいなんだよ　青いさば」
でもさかなやにはいなかった
うさぎはいなかった

六ペンスみつけた

ちいさいぎんか
しっかりにぎって　かけだした
いちばまでいってみた
ぼくがかうのは　うさぎくん
(大《だい》すきなのは　うさぎくん)
ぼくはさがした　うさぎくん
あっちもこっちも　そこらじゅう

おなべやへいってみた
ソースパンをうっていた
(「ソースパン　六ペンス」)
「うさぎはないの？　ぼくんちに
ソースパンはふたつもあるんだ」
でもおなべやにはいなかった
うさぎはいなかった

ぼくのおかねは　なくなった
すっからかんになった
だからいそいで　かけだした

いちばにいくのはやめにして
はらっぱへいってみた
こがねいろした　はらっぱへ……
そしてみつけた　うさぎくん
あっちもこっちも　そこらじゅう

ソースパンうっているおなべやさん
ぼくかわないで　ごめんなさい
さばうっているさかなやさん
ぼくかわないで　ごめんなさい
ラベンダーうっているお花やさん
ぼくかわないで　ごめんなさい
だってうさぎをうっていないんだもの

ラッパずいせん

ラッパずいせん　きいろのぼうし
ラッパずいせん　みどりのきもの
ラッパずいせん　みなみのかぜに
そよそよそよと　おじぎした
ラッパずいせん　お日《ひ》さまをみて
ラッパずいせん　あたまをふって
ラッパずいせん　となりの花《はな》に
冬《ふゆ》はおわりと　ささやいた

すいれん

すいれんの花《はな》　ゆらりゆらり
みぎにひだりに　ゆらりゆらり
ちいさななみに　ゆれる
はっぱの上《うえ》で　ねむるのは
このみずうみの　王女《おうじょ》さま
風《かぜ》にそよそよ　ふかれてねむる
だれなの　王女をつれていくのは？
ぼくだよ　ぼくがつれていくよ
しずかに　しずかに
じっとして
はっぱの上で　ねむるのは
このみずうみの　王女さま
風がはたはた　かけあしで
花のあいだを　かけていく
ほら目《め》をさました　王女さま
だれなの　王女をつれていくのは？

王女がわらって　すべっていくよ
まって　まって
まにあわない
あとにはすいれん　ゆらりゆらり
みぎにひだりに　ゆらりゆらり
ちいさななみに　ゆれる

いうことをきかないおかあさん

ジェームズ・ジェームズ・
モリソン・モリソン・
ウェザビー・ジョージ・デュプリーは
たった三《み》つ《っ》だったのに
おかあさんのことが
しんぱいでしょうがなかった
ジェームズ・ジェームズは
おかあさんにいった
「ねえ　おかあさん」っていった
「まちのはずれまでいってはだめだよ
　ぼくといっしょでなくちゃ」

ジェームズ・ジェームズ・
モリソンのおかあさんは
きんいろのふくをきていた
ジェームズ・ジェームズ・

モリソンのおかあさんは
まちのはずれまでいった
ジェームズ・ジェームズ・
モリソンのおかあさんは
ひとりごとをいった
「まちのはずれまでいっても　わたしは
　おやつのじかんにはもどれるわ」

ジョン王《おう》さまは
こうこくをだした
「たずねびと！
ジェームズ・ジェームズ・
モリソンのおかあさんが
ゆくえふめいになった
さいごにみた人《ひと》によれば
おかあさんはひとりで
ぼんやりあるいていたそうである
まちのはずれまでいこうとしていたらしい
　みつけた人にはしょうきん四〇シリング！」

ジェームズ・ジェームズ・
モリソン・モリソンは
（ふつうジムとよばれているんだけど）
しんせきの人に
いった
ぼくのせいじゃないよ
ジェームズ・ジェームズは
おかあさんにいった
「ねえ　おかあさん」っていった
「まちのはずれまでいってはだめだよ
　ぼくにそうだんしてからじゃなくちゃ」

ジェームズ・ジェームズ・
モリソンのおかあさんは
だれにもみつからなかった
ジョン王さまは
かわいそうに　といった
王妃《おうひ》さまと王子《おうじ》さまもそういった

ジョン王さまは
(ぼくはだれかからきいたんだけど)
知《し》ってる人にいった
「まちのはずれまでだれかがいったばあい
いったいどうしたらいいんだろう?」

(それから　とってもちいさな声《こえ》で)
ジェ……ジェ……
モ……モ……
ウェ……ジョ……デュ……
たった三……
おかあ……
しんぱい……
ジェ……ジェ……
おかあ……
「ねえ……」っていった
「まち・の・はずれ・まで・いって・は・だめ・だ・よ
ぼく・と・いっしょ・で・なく・ちゃ」

はるの朝《あさ》

ぼくはどこにいくんだろう?
キンポウゲがさく小川《おがわ》
松《まつ》の木《き》がそびえるおかのうえ
どこに　どこに　いくんだろう?

ぼくはどこにいくんだろう?
空《そら》にはちいさな雲《くも》　あかちゃん雲
ぼくはどこにいくんだろう?
草《くさ》のうえには雲のかげ　あかちゃんかげ

もしもきみが雲になって
青《あお》い空をはしるなら
野原《のはら》のぼくをみつけていうだろう
「きょうの空はきれいだろう?」

ぼくはどこにいくんだろう?

「うまれてよかった」ってカラスがいう
ぼくはどこにいくんだろう?
「いいことしよう」ってハトがいう

もしもきみが鳥《とり》になって
風《かぜ》にのって空をとぶなら
風にむかっていうだろう
「きょうはあそこへいきたいんだ」

ぼくはどこにいくんだろう?
だれもいかないところ
ツリガネソウがさく森《もり》
どこに　どこに　いくんだろう?

島《しま》

ぼくがふねをもっていたら
ぼくはふねをはしらせるだろう
ぼくはふねをはしらせて
ひがしのうみをとおりこして
しらないはまべへいくだろう
みどりの波《なみ》は白《しろ》いしぶきになって
ザブン！　ザブン！　ザブン！
きらきらひかる砂《すな》にくだける
そこでぼくはふねをおり
白い砂山《すなやま》にのぼるだろう
のぼっていって　木《き》のところまで
六本《ろっぽん》のくろい木のところまで
みどりのがけのココナツの木のところまで
よつんばいになって
ココナツの木のところまで
小石《こいし》がパラパラおちていくがけにしがみついて

たかく　たかく　ふらふら　よろよろ
いわがパラパラくずれていくかどをまわって
そのいわのかどをまがって
そのまるいいわをこえて
てっぺんの六本の木のところまでいくだろう

てっぺんでぼくははらばいになって
ほおづえをついてながめるだろう
はるか下《した》にキラキラひかる砂
ゆっくりくだけちるみどりの波
うすあおくかすんでうみと空《そら》が
ひとつになっているとおくの水平線《すいへいせん》

ぼんやりうみをながめながら
ひとりごとをいうだろう
「せかいにいるのはぼくだけだ
せかいがあるのはぼくのためだ」

三《さん》びきの子《こ》どもぎつね

むかしむかし三びきの子どもぎつねがいました
ストッキングもソックスもはいていません
はなをかむハンカチはもっていました
ハンカチはとだなにしまっていました

三びきの子どもぎつねは森《もり》の小屋《こや》にすんでいました
うわぎもズボンもつけていません
いつも森のなかをはだしでかけまわっていました
そしてネズミのかぞくと「おにごっこ」をしました

三びきの子どもぎつねはかいものにはいきません
ほしいものはなんでも森のなかでつかまえました

つりにいったときはミミズを三びきつかまえました
かりにいったときはジバチを三びきつかまえました

三びきの子どもぎつねはおまつりにでかけました
しょうひんにプリンを三《みっ》つパイを三つとりました
ゾウのせなかにのりブランコにのりました
ココナツあてゲームでココナツを三つとりました

三びきの子どもぎつねのことでぼくがしってるのは
ハンカチをとだなにしまい　森の小屋にすみ
ストッキングもソックスもはかないで
うわぎもズボンもつけないでいることだけ

おぎょうぎよく

ごきげんいかがときかれたら
ぼくはいつでもこういうんだ
「はい　げんきです　ありがとう
あなたにあえてうれしいです」
ごきげんいかがときかれたら
ぼくはいつでもこたえるんだ
「はい　げんきです　ありがとう
あなたはごきげんいかがですか？」
ぼくはいつでもこたえるんだ
ぼくはいつでもこういうんだ
ごきげんいかがときかれたら
ぼくはいつでもおぎょうぎよく

だけどときどき

おもうんだ

もうきかないでほしいなあ

ジョナサン・ジョー

ジョナサン・ジョー
お口《くち》のかたちはまるい〝O《オー》〟
くるまにしなもの山《やま》のよう
バットがほしけりゃいってみよう
ながいぼうやらみじかいぼう
なんでもあるぞ　ジョナサン・ジョー

ジョナサン・ジョー
ボールがほしけりゃいってみよう
ゆかいなしなものでてくるぞう
まるい輪《わ》やコマ　山高帽《やまたかぼう》

めざましどけいやあめんぼう
犬《いぬ》まであるぞ　ジョナサン・ジョー

ジョナサン・ジョー
お口のかたちはまるい　“O《オー》”
なんでもほしけりゃいってみよう
おかしな人《ひと》だよ　ニコッとこう
わらってみせればそれでもう
おかねはとらない　ジョナサン・ジョー

どうぶつえん

ライオンがいてトラがいておおきなラクダなんかがいる
スイギュウみたいなヤギュウがいてけむくじゃらのクマがいる
ちいさいカバのしゅるいがいてちいさいサイもいる——
だけどぼくがどうぶつえんでパンをやったのはゾウなんだ!

あなにいるクマのアナグマがいてえんちょうさんのいえがある
ヤギがいてホッキョクグマがいていろんなネズミがいる
たしかカンガルーとかいうしゅるいのものもいる——
だけどぼくがどうぶつえんでパンをやったのはゾウなんだ!

ヤギュウとおはなししようとしてもぜんぜんわかってくれない
フラミンゴとあくしゅしようとしてもいやがってしてくれない
ライオンもトラも「こんにちは」っていってくれない——
だけどぼくがどうぶつえんでパンをやるのはゾウなんだ!

メアリー・ジェーン

どうしたんだろう　メアリー・ジェーン
ごはんもたべずに　なんだかへん
ないてばっかり　エーン　エン
どうしたんだろう　メアリー・ジェーン

どうしたんだろう　メアリー・ジェーン
えほん　おにんぎょう　きずいせん
あげるといっても　エーン　エン
どうしたんだろう　メアリー・ジェーン

どうしたんだろう　メアリー・ジェーン
びょうきじゃないのに　ぜーんぜん
だけどほらまた　エーン　エン
どうしたんだろう　メアリー・ジェーン

どうしたんだろう　メアリー・ジェーン
でんしゃにのって　どうぶつえん
いこうといっても　エーン　エン
どうしたんだろう　メアリー・ジェーン

どうしたんだろう　メアリー・ジェーン
いたくもないのに　ぜーんぜん
プリンもたべずに　エーン　エン
どうしたんだろう　メアリー・ジェーン

まいご

「だれかぼくのネズミみなかった？」

ネズミのはこをあけたんだ　ちょっとだけ
ちゃんとはいってるかどうか
のぞいてみたらとびだしたんだ！
ぼくはつかまえようとしたんだ　いっしょうけんめい
きっとうちのちかくにいるとおもうんだ
だれかぼくのネズミみなかった？

「ジョンおじさん　ぼくのネズミみなかった？」

ちっちゃいちゃいろのハツカネズミなんだ
いなかからきたのでまちのネズミとはちがうんだ
きっとまちのなかでさびしがってるだろう
どうやってたべものをみつけるんだろう？

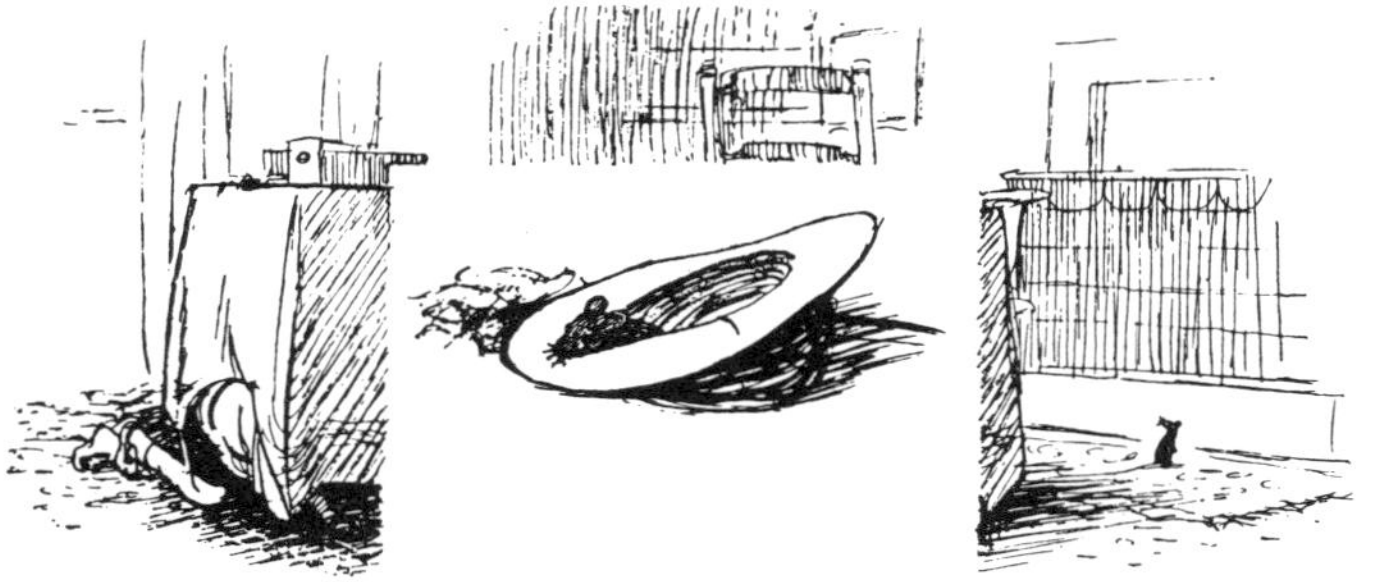

どこかにいるんだ　ローズおばさんにきいてみよう
おばさん　フワフワしたはなのネズミみなかった？
どこかそのへんで――
きっとさんぽしてるんだ……

「だれかぼくのネズミみなかった？」

王《おう》さまのあさごはん

王さまがきいた
王妃《おうひ》さまにきいた
王妃さまがきいた
牛乳《ぎゅうにゅう》やのむすめにきいた
「バターはないかしら
王さまのパンにぬるの」
王妃さまがきいた
牛乳やのむすめにきいた
牛乳やのむすめがいった

「かしこまりました
いまからすぐ

牛《うし》のところへいって
そういいます
牛がねるまえに」

牛乳やのむすめはおじぎをした
おわかれのあいさつをした
そして牛のところへいって
こういった
「バターをわすれないでね
王さまのパンにぬるの」
牛はねむそうに
こういった
「王さまに
こういえよ
このごろはみんな
バターのかわりに
マーマレードをぬるって」
牛乳やのむすめはいった
「それがいいわね」

そしてすぐに
王妃さまのところへいった
王妃さまにおじぎをして
ちょっと赤《あか》くなっていった
「しつれいですが
王妃さま
かってなことを
もうしあげれば
マーマレードのほうが
おいしいんですよ
たっぷり
ぬれば」

王妃さまはいった
「まあ！」
そしてすぐに
王さまのところへいった
「王さまのパンにぬる
バターのことですが

どうやらみんな
マーマレードのほうが
おいしい
とおもっています
バターのかわりに
マーマレードを
ためしてみませんか？」

王さまはいった
「うるさい！」
そしていった
「なんていうことだ！」
王さまは泣《な》いた
「なんていうことだ！」
そしてベッドにはいって
つぶやいた
「わしはけっして
口《くち》うるさい男《おとこ》じゃない
わしはただ

ほんのちょっと
バターがほしいんだ
わしのパンにぬるためのための！」

王妃さまはいった
「やっぱりねえ！」
そしてすぐに
牛乳やのむすめのところへいった
牛乳やのむすめはいった
「やっぱりねえ！」
そして牛小屋《うしごや》へいった
牛はいった
「やっぱりねえ！
そうだとおもったよ
さあ　あげるよ
王さまのあさごはんのミルクと
パンにぬるバターを」
王妃さまは
バターをうけとった

そして王さまのところへ
もっていった
王さまはいった
「バターか？」
そしてベッドから
はねおきた
「わしはけっして」
王さまはやさしく
王妃さまにキスしていった
「わしはけっして」
王さまはかいだんの手《て》すりを
すべりおりながらいった
「わしはけっして
なあ　おまえ
口うるさい男じゃない——
ただわしは
バターをぬったパンがだいすきなんだ！」

ぴょこん

クリストファー・ロビンがとんでいく
ぴょこん　ぴょこん
ぴょこ　ぴょこ　ぴょん
とぶのはおやめなさい
といっても　クリストファーは
やめられないんだよ　という
やめたらどこへもいかれない
かわいそうなクリストファーは
とばないとどこへもいかれない……
だからいつでもとんでいく
ぴょこん　ぴょこん
ぴょこ
ぴょこ
ぴょん

おうちで

へいたいさんがほしいな
（けがわぼうしのへいたいさん）
いっしょにあそんでくれるへいたいさんがほしいな
クリームケーキあげるんだけどな
（おおきいケーキ　あまいケーキ）
クリームケーキとミルクティーあげるんだけどな

へいたいさんがほしいな
（のっぽの赤《あか》いふくのへいたいさん）
ドラムをたたいてくれるへいたいさんがほしいな
パパがかってくれるといいな
（おみせの人《ひと》にてがみかいて）
パパがかえってすぐかってくれるといいな

おうちじゃない

おうちにはいったらおうちじゃなかった
おおきな石《いし》だんもひろいげんかんもある
だけどおにわがないんだ
　おにわが
おにわが
だからおうちじゃない

おうちにはいったらおうちじゃなかった
おおきなおにわもたかいへいもある
だけどサンザシの木《き》がないんだ
　サンザシの木が
サンザシの木が
だからおうちじゃない

おうちにはいったらおうちじゃなかった
サンザシの木から白《しろ》い花《はな》びらがおちている

だけどツグミがいないんだ
　ツグミが
　ツグミが
だからおうちじゃない

おうちにはいったらおうちみたいだった
サンザシの木でツグミがないていた……
だけどだれもきいてないんだ
　だれも
　だれも
ききたくなかったんだ

なつの午後《ごご》

ちゃいろのめうしが水《みず》をのみに　六ぴきそろってあるいていく
（ちいさなさかなが川《かわ》ぞこから　カゲロウめがけてあわをふく）
いちばんめのめうしが水ぎわで　パシャッと水しぶきをたてる
五ひきのめうしがうしろから　シュッシュッとしっぽをふっていく
十二ひきのちゃいろのめうしが　かがんで水をのんでいる
（ちいさなさかなはゆらゆらと　しっぽをふってにげていく）
六ぴきのめうしは水のなか　六ぴきのめうしは水のそと
くろいツバメがスイーッと　川のおもてをかすめていく

ネムリネズミとおいしゃさん

ネムリネズミがびょうきになった　ねているベッドは
青《あお》いヒエンソウ　赤《あか》いゼラニウム
一日《いちにち》じゅうネムリネズミはながめていた
赤いゼラニウム　青いヒエンソウ

おいしゃさんがいそいでやってきてこういった
「やあ！　きみがびょうきとはきのどくな
むねをみせて　大《おお》きくいきをはいてごらん
きみにいちばんいいのはキクじゃないかね？」

ネムリネズミはあたりをぐるっとみまわして
おおきくいきをはいてからこうこたえた
「どうかんがえても　ぼくにいちばんいいのは
赤いゼラニウム　青いヒエンソウ」

おいしゃさんはまゆをしかめ　あたまをふり
ピカピカのシルク・ハットを手《て》にしてこういった
「びょうにんはきぶんをかえなくちゃあな」
そしていなかのキクつくりのところへいった

ネムリネズミはねたままながめていた
赤いゼラニウム　青いヒエンソウ
そしてわかった　やっぱりいちばんすきなのは
青いヒエンソウ　赤いゼラニウム

おいしゃさんがもどってきてとくいになってみせた
いなかからもってきたたくさんのキクの花《はな》
「このほうがながめがいいぞ　ぬいてしまうんだな
赤いゼラニウム　青いヒエンソウ」

おおぜいやってきてシャベルでほりかえした
青いヒエンソウ　赤いゼラニウム
そしてうえた　きいろと白《しろ》のキクの花
おいしゃさんはいった「これですぐなおるぞ」
ネムリネズミはあたりをみまわしてためいきをついた
「あたまのいいみなさんはきっとぼくのこと
ばかだとおもうでしょうが　ぼくがすきだったのは
赤いゼラニウム　青いヒエンソウ」

おいしゃさんがしんさつにやってきてすすめた
えいようとおくすりとねむりをとるように
そしてたいおんけいをふりふりいった
「キクのながめはびょうきによくきくなあ！」

ネムリネズミはむこうをむいて目《め》をとじた
たくさんのきいろと白のキクをみないように
そしてもとのベッドにもどりたいなあとおもった
青いヒエンソウ　赤いゼラニウム

おいしゃさんはいった「やあ！　またわるくなったぞ」
そしてすすめた　ミルクをのみ　マッサージをし
しんぱいごとはやめて　ドライヴにでもいくように
そしてつぶやいた「キクはなんてきれいなんだろう！」

ネムリネズミは目に手をあてて
たのしいそうぞうにふけることにした「そうだ
これはキクじゃないとおもうことにしよう　このベッドは
青いヒエンソウ　赤いゼラニウム」

つぎのあさ　おいしゃさんは手をこすりながら
こういった「びょうきのことがいちばんわかってるのは
このわたしだ！　どうだい　もうなおったぞ！
お日《ひ》さまにあたったキクはなんてすてきだろう！」

ネムリネズミはたのしかった　目をとじているので
きいろと白のキクの花はみえなかった
あたまのなかにうかんでくるのは　ただ
青いヒエンソウ　赤いゼラニウム

だからね（エミリーおばさんはいうんだ）
ネムリネズミがキクのベッドにいるときは
かならず（エミリーおばさんはいうんだ）
おめめに手をあててねむっているんだよ

くつとくつした

山《やま》のほらあなにおじいさんたちがあつまって
トン　トン……
トン　トン　トン……
おひめさまがはく金《きん》のくつをつくっています
トン　トン　トン……
トン　トン　トン……
おひめさまはりっぱな騎士《きし》とけっこんします
白《しろ》いドレスもととのって白いヴェールもできています
だけどやさしいその足《あし》にくつをはかねばなりません
トン　トン　トン……
トン

小川《おがわ》のそばのこやにおばあさんたちがあつまって
ペチャ　クチャ……
ペチャ　クチャ　ペチャ……
おひめさまがはく金のくつしたをあんでいます

ペチャ　クチャ　ペチャ……
ペチャ　クチャ　ペチャ……
おひめさまはりっぱなおとこの花《はな》よめになるのです
わかい人《ひと》にはわかい人　それがこの世《よ》のさだめ
だけどやさしいその足にくつしたをはかねばなりません
ペチャ　クチャ　ペチャ……
ペチャ

つまさきのあいだのすな

わたしはなみのさわぐ海《うみ》におりていった
クリストファーもいっしょにつれていった
ばあやから六ペンスずつもらっていった
ふたりはすなはまにおりていった

目《め》にも耳《みみ》にも鼻《はな》にもすながはいった
かみの毛《け》にも足《あし》のつまさきにもすながはいった
北西《ほくせい》の風《かぜ》がつよくふくといつも
クリストファーのつまさきのあいだにすながつまる

海は白《しろ》と灰色《はいいろ》のなみをたてていた
クリストファーは六ペンスをしっかりにぎっていた
ふたりはでこぼこのすなをとびこえていった
クリストファーはわたしの手《て》をしっかりにぎっていた

目にも耳にも鼻にもすながはいった

かみの毛にも足のつまさきにもすながはいった
北西の風がつよくふくといつも
クリストファーのつまさきのあいだにすながつまる

空《そら》はビュウビュウなっていた
カモメはとびながらないていた
しゃべろうとすると大《おお》ごえになってしまった
すなはまにはふたりのほかだれもいなかった

うちにかえるとかみの毛にすながついていた
目にも耳にもどこもかしこもすながついていた
北西の風がつよくふくといつも
クリストファーのつまさきのあいだはすなでいっぱい

騎士《きし》と貴婦人《きふじん》

ぼくのもってるふるい絵本《えほん》に
だいすきなページがある
むかしのまちのけわしい石《いし》ころみちを
騎士たちがうまにのってやってきて
貴婦人たちがのきしたに立《た》って
きれいなハンカチをふったり　ほほえみながら
スカーフをなげかけたりしている……
だけどそれは中世《ちゅうせい》のものがたり
いまはおこりっこない　それでもぼくは

丘《おか》のうえの緑《みどり》と青《あお》の森《もり》のおくから
モミの木が二列《にれつ》になって行進《こうしん》してくれば
もしかしたらぼく
みることができるかもしれない
かがやくようなよろいをつけた騎士がとつぜん
青と緑のみちをまがってやってくるのを
むかしのままのすがたで
何百年《なんびゃくねん》もむかしのすがたで……
みることができるかもしれない　もしかしたら

ボーピープとボイブルー

「きみのひつじはどうしたの
　ボーピープちゃん？
きみのひつじはどうしたの
　ボーピープ？」
「ボイブルーちゃん　おかしいのよ！
あたしはひつじをなくしたの」
「とんでもないことしたんだね
　ボーピープちゃん！」

「あんたのひつじはどうしたの
　ボイブルーちゃん？
あんたのひつじはどうしたの
　ボイブルー？」
「ボーピープちゃん　ひつじはね
ねているあいだに　にげたんだ」
「かわいそうなことしたのね
　ボイブルーちゃん」

「きみはどうするつもりなの
　ボーピープちゃん？
きみはどうするつもりなの
　ボーピープ？」
「ボイブルーちゃん　ひつじはね
おやつになったらかえるわよ」
「ぼくのはかえらないだろうな
　ボーピープちゃん」

「あんたはどうするつもりなの
　ボイブルーちゃん？
あんたはどうするつもりなの
　ボイブルー？」
「ボーピープちゃん　つのぶえを
一じかんほどふいてみるよ」
「それでかえってくるかしら
　ボイブルーちゃん」

「きみがけっこんするのはだれ
　ボーピープちゃん？
きみがけっこんするのはだれ
　ボーピープ？」
「ボイブルーちゃん　ボイブルー
あんたとけっこんするつもりよ」
「そしたらぼくもうれしいなあ
　ボーピープちゃん」

「ふたりがいっしょにすむのはどこ
　ボイブルーちゃん？
ふたりがいっしょにすむのはどこ
　ボイブルー？」
「ボーピープちゃん　ボーピープ
ひつじもいっしょに丘《おか》のうえ」
「ボーピープをあいしてくれるわね
　ボイブルーちゃん」

「いつまでもいつまでもあいするよ
　ボーピープちゃん
いつまでもいつまでもあいするよ
　ボーピープ」
「ボイブルーちゃん　だいすきよ
いつもあたしのそばにいてね」
「ぼくはいつでもここにいるよ
　ボーピープちゃん」

かがみ

林《はやし》のなかに午後《ごご》のひとときが
うっとりするような光《ひかり》となっておとずれる
お日《ひ》さまがしずかな空《そら》から
しずかなみずうみをみおろしている
そして木々《きぎ》はひっそり身《み》をよせあっている
そこに一羽《いちわ》の白鳥《はくちょう》がやってきて
みずうみで二羽《にわ》の白鳥になった
むねとむねをあわせどちらもじっとして
かぜがやさしくなでてくれるのをまっていた……
そしてみずうみは波《なみ》ひとつたてないでいる

はんぶんおりたところ

かいだんをはんぶんおりたところに
ぼくがいつもすわるだんが
ある
かいだんのどのだんにも
このだんと
そっくりなだんは
ない
ぼくはいちばん下のだんにはすわらない
いちばん上のだんにもすわらない
だからこのだんが
ぼくのいつも
やすむ
だん

かいだんをはんぶんのぼったところに
二かいでもない　一かいでもないところが

ある
そんなところは子どもべやにもないし
まちのなかにもない
そこにいるといろんなかんがえが
ぼくのあたまをかけめぐる
「ここはぜったいに　どこでも
ない
ここはどこにもないところで
ある！」

侵入者《しんにゅうしゃ》たち

森《もり》のなかに　おもいおもいにむらがって
きいろいサクラソウがさいていた
白《しろ》いアネモネは　ふんわりと
木《き》の根《ね》にのこった雪《ゆき》のように
スミレのすがたをかくしていた
ツリガネソウをいっそう青《あお》くみせていた

森のなかにほそいじゅうたんのような道《みち》があって
りょうがわにサクラソウがさいていた
そのかげと日《ひ》なたのあいだを
牛《うし》たちが一ぴきずつ　ゆっくりとやってきた
早《はや》い朝《あさ》の空気《くうき》をすってははき
あたりの空気をいっそうあまくしていた
牛たちは一ぴきずつ　まっすぐに
前《まえ》へ前へとすすみ　だまったまま
前の牛のあとにつづき……去《さ》っていった

小《ちい》さな森はひっそりしたままであった
森のはずれのイチイの木の上《うえ》でみはりのツグミが
ゆっくりとおっていく行列《ぎょうれつ》をみとどけ
きいろいくちばしをふりたてて
もういってしまったよ　とあいずするのを
森はまっているようであった……
それから　森じゅうみんなでうたいだした
春《はる》をたたえる森の朝のうたを

おやつのまえに

エミリーン
すがたをけして　一しゅうかん
おにわのむこうに木《き》が二ほん
そこにかくれた　エミリーン
いくらよんでも　でてこない

「エミリーン
しかったんじゃあないんだよ
おててがきたないっていっただけ」
おにわのむこうに木が二ほん
そこまでいっても　エミリーン
すがたをけして　でてこない

エミリーン
おにわのむこうに木が二ほん
そこからでてきた　エミリーン

「どこにいったの　エミリーン？
どこにいったの　一しゅうかん？」
「女王《じょおう》にあいにいったのよ
女王はいったわ　エミリーン
おてては とってもきれいです」

テディ・ベア

くまはどんなにがんばっても
うんどうぶそくでふとるんだ
うちのくまくんが　コロコロと
ふとっているのもふしぎじゃない
ソファーからころがりおちたりして
うんどうしようとしてるけれど
いつもそこからはいあがる
力《ちから》がたりないみたい

ふとっていると　友《とも》だちが
ばかにしたようなかおをする
うちのくまくんも　コロコロと
ふとっているのがきになって
「やせたいなあ」っておもう
「みんなどうしてやせるんだろう？
ぼくだけ外《そと》でうんどうを

させてくれないのはひどいよ」

なんしゅうかんもくまくんは
まどに鼻《はな》さきをおしつけて
通《とお》りをゆく人《ひと》が　コロコロと
ふとっていないのをうらやんだ
「ここからみえる人はみんな
ふとっていないな　ぼくみたく」
それからしみじみためいきをつき
「ぼくみたいにってことだけど」

うちのくまくんは夜《よる》になると
いつもソファーでねむるんだ
そこにはたくさん　ゴチャゴチャと

どうぶつたちもねていたし
しんるいの人がもってきた
絵《え》本《ほん》やなにかもあった——
〈むかしむかし〉のおはなしや
れきしのことをかいた詩《し》が
ある夜たまたまくまくんは
ふるい絵本をのぞいてみた
そこにはたまたま　コロコロと
ふとった人の絵があった
そこにはフランスの王《おう》さま
「ルイなんとか」とかいてあり
あだ名《な》はなんと「ハンサム王！」
どうだい！　ふとった人なのに！

うちのくまくんはむちゅうになり
「ハンサム王」のおはなしを
よんでみたんだ　コロコロと
ふとった王のものがたりを
「ハンサム王」はまちがいなく

ふとった人だ　それならば
ふとったくまもおおいばり
「ハンサムぼうや」とよばれていい

「よばれていい」というより
「よばれてよかった」というべきだ
「まだ生《い》きてるのかな　コロコロと
ふとってたルイなんとかは？
どういう人がハンサムか
時代《じだい》のこのみでかわるものだ
ハンサム・ルイはいまもまだ
生きてるのかな　どうなんだろう？」

つぎの日《ひ》の朝《あさ》くまくんは
まどに鼻さきをおしつけて
あたまのなかに　ガンガンと
ひびくもんだいをかんがえた
「あの王はもう死《し》んだのかな？」
あんまり鼻さきをおしつけて

まどがひらいてしまった「ワア! 」
くまくんは下《した》におっこちた

そこにたまたまやってきて
道《みち》におちてたくまくんを
立《た》たせてくれたのは　コロコロと
ふとったおじさんだ　その人は
なぐさめたりはげましたりして
くまくんの耳《みみ》にささやいた
「やれやれ、とんでもないことだ
ひどいおちかたをしたもんだね」

くまくんはなんにもいえなくて
じっとみつめるだけだった

もしかしてこの　コロコロと
ふとった人が　絵本にある
「ハンサム王」じゃないかな
もしかしてこのおじさんが？
「そんなばかな　でもやっぱり
きいてみるだけきいてみよう！」

「しつれいですが　フランスの
王さまでは？」「うん　そのとおり」
おじさんはこたえて　コチコチに
ぼうしをとっておじぎした
「しつれいですが　ゆうめいな
おもちゃのミスター・くまくんでは？」
そこでくまくん　ていねいに
おじぎした「うん　そのとおり」
それからフランスの王さまと
ミスター・くまくんとまどの下
ハンサムですこしコロコロと
ふとったふたりの立ちばなし……

やがて王さま「わたしはもう
いかなければ」とげんかんの
ベルをならして「このくまは
おたくのですね　さようなら」

くまはどんなにがんばっても
うんどうぶそくでふとるんだ
うちのくまくん　コロコロと
ふとっているのもふしぎじゃない
でもくまくんはそのことを
しんぱいしてるとおもうかい？
そうじゃないんだ　くまくんは
ふとっているのがとくいなんだ

わるい騎《き》士《し》ブライアン・ボタニー

騎士ブライアンは大《おお》きなたまのついたまさかりをもっていた
それをかついでいっては村《むら》の人《ひと》たちの頭《あたま》をたたいた
水《すい》よう日《び》と土《ど》よう日　でもたいていは土よう日に
村の家々《いえいえ》にたちよってはこういった
「おれは騎士ブライアンだ！」（コツン　カツン！）
「おれは騎士ブライアンだ！」（カツン　コツン！）
「おれはライオンよりつよい騎士ブライアンだ――
これでもか！　これでもか！　これでもか！」

騎士ブライアンは大きな拍車《はくしゃ》のついた長《なが》ぐつをもっていた
それをはいてたたかうのがだいすきだった
火《か》よう日と金《きん》よう日　ただ道《みち》をきれいにするために
村の人たちをあつめては池《いけ》のなかにけとばした
「おれは騎士ブライアンだ！」（パシャ　ピシャ！）
「おれは騎士ブライアンだ！」（ピシャ　パシャ！）
「おれはライオンよりつよい騎士ブライアンだ――
かおをあらいたいやつはもういないか？」

騎士ブライアンはある朝《あさ》まさかりがないことにきがついた
そこでいつもとはちがう長ぐつをはいて村へいった
百歩《ひゃっぽ》といかないうちに道は人でいっぱいになった

村の人たちはブライアンをとりまいてひやかした
「あんたが騎士ブライアン？　まさか！
あんたがブライアン？　へえー！
あんたがライオンよりつよい騎士ブライアン？
ここでおめにかかれるとはうれしいね！」

騎士ブライアンは池におちて浮草《うきくさ》だらけになった
村の人たちはブライアンをひっぱりあげて頭をたたいた
それからズボンをつかんでさかさにしてどぶにほうりこんだ
それからたきの下《した》におしこんでいった
「あんたは騎士ブライアンだ――わらうな
あんたは騎士ブライアンだ――なくな
あんたはライオンよりつよい騎士ブライアンだ――
騎士ブライアン　騎士ライオン　あばよ！」

騎士ブライアンはやっと家にかえりまさかりをたたきおった
騎士ブライアンはいつもの長ぐつをだんろにほうりこんだ
拍車のついてないくつをはくと別《べつ》の人のようになった
そして村へいくときはただのボタニーさんだ

「わたしが騎士ブライアン？　とんでもない！
わたしが騎士ブライアン？　しらないねえ！
わたしは騎士じゃない、ボタニーだ――
ただのミスター・ボタニーだ」

ぼくだって

ライオンにはしっぽが　りっぱなしっぽがある
ゾウにもある　クジラにもある
ワニにもある　ウズラにもある
　ぼくのほかはみんなしっぽがある

ぼくが六ペンスもらったらしっぽをかおう
おみせの人《ひと》に「しっぽください」っていおう

ゾウくんに「これ、ぼくのしっぽだよ」っていおう
　きっとみんなぼくをみにくるだろう

みにきたらこういおう「ライオンくん　しっぽがあるね！
ゾウくんもあるね　クジラくんもあるね！
へえ　ワニくんもやっぱりしっぽがあるね！
　みんなぼくみたいにしっぽがあるね！」

錬金術師《れんきんじゅつし》

とおりのいちばん先《さき》におじいさんがすんでいる
おひげのいちばん先はつま先までとどいている
ぼくがいちばんあってみたいのはそのおじいさんだ
　とってもきょうみがある人《ひと》なんだ
おじいさんはいちんちじゅうブチネコとはなしをしている
ネコになにかきいたりきかれたりしている
夜《よる》になるとねむけざましのぼうしをかぶるんだ
　そしてしょさいでなにかかいてるんだ

おじいさんは一生《いっしょう》べんきょうしてきた（ながい一生）
ふしぎなじゅもんをとなえて「よーくみろよ――
子《こ》どもべやのかこいは金《きん》だ！」っていうと金になる
（火《ひ》かき棒《ぼう》もカーテンレールも　金になる）
だけどじゅもんがきかないことがある
さいしょにふりかける液体《えきたい》がちがうこともある
だからまいばんまいばんべんきょうするんだ

まちがえなくなるまでやるんだ

おとなになる

ぼく　おとなみたいな　ひものついたくつもっている
ぼく　半《はん》ズボンとズボンつりもっている
ぼく　いつだってかけっこできる
だれかぼくのこと　みんなにはなしてくれないかな

ぼく　あたらしいすてきなズボンつりもっている
ぼく　あたらしい茶《ちゃ》いろのくつひももっている
ぼく　水《みず》あそびできるとこしっている
だれかぼくのこと　みんなにはなしてくれないかな

ぼく　まいあさかみさまにおいのりする
「ぼく　かみさまのおかげでズボンつりもってます
ぼく　ひとりでくつのひもむすべます」
だれかぼくのこと　みんなにはなしてくれないかな

なってみたいな　王《おう》さまに

なってみたいな　王さまに
なんでもできるぞ　おおいばり

なってみたいな　スペイン王
雨《あめ》でもぬぐぞ　レインコート

なってみたいな　フランス王
おばさんに見《み》せるぞ　しらんかお

なってみたいな　ギリシャ王
ひっくりかえすぞ　おもちゃばこ

なってみたいな　ノルウェー王
ぎょうれつするぞ　のるのは象《ぞう》

なってみたいな　バビロン王

トンネルつくるぞ　どろんこの
なってみたいな　スーダン王
よぶぞ　まほうのじゅうたんを
なってみたいな　どこかの王
けらいにいばるぞ「ぼくが王！」

おやすみのおいのり

ちいさなぼうやがベッドの下《した》にひざまずいている
ちいさなあたまをちいさなおててにのせている
シーッ　シーッ！　みんなしずかにして！
クリストファー・ロビンがおいのりをしているから

かみさまママをおまもりください　これでいいですね！
こんやのおふろはとってもおもしろかったんです
水《みず》はとってもつめたくて　おゆはとってもあつかったんです
そうだ！　かみさまパパをおまもりください――わすれてた

ぼくがこのゆびをもうちょっとひらいたら
ドアにかかってるばあやのガウンがみえます
きれいな青《あお》いガウンだけど　フードがついていません
そうだ！　かみさまばあやもどうかおまもりください
ぼくのガウンにはフードがついています

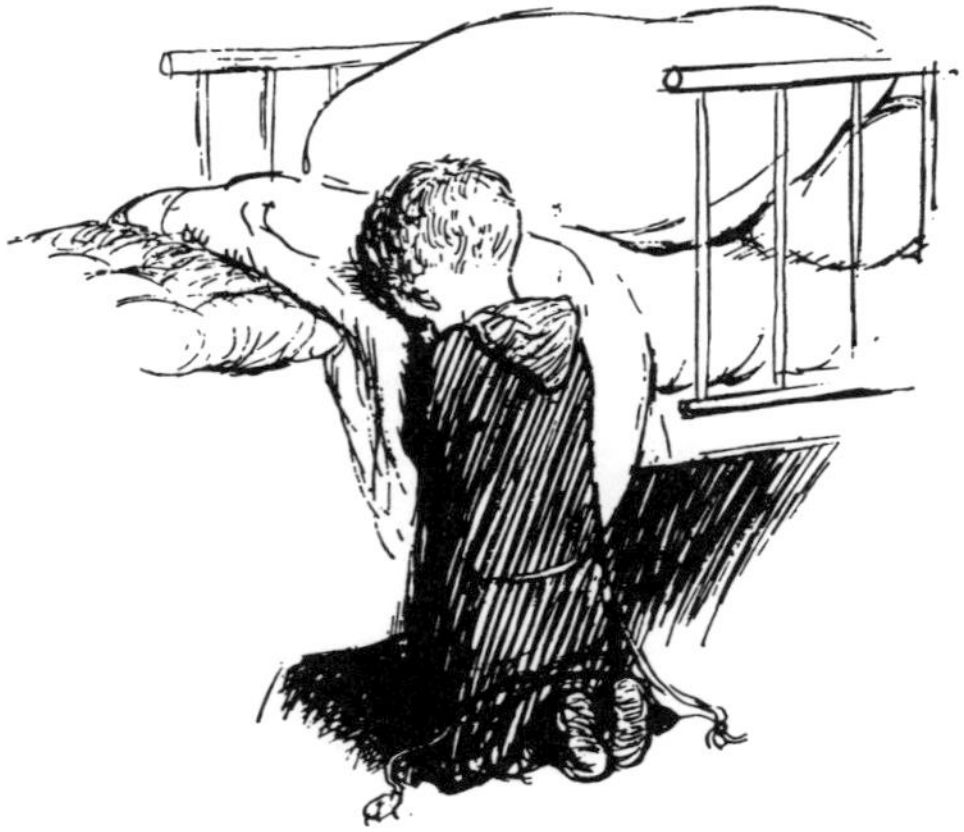

あたまにすっぽりかぶってベッドにはいります
それから目《め》をつぶり　まるくなってねむります
だからぼくがベッドにいることはだれもしりません

かみさま　たのしい一日《いちにち》ありがとうございました
えーと、まだなにかいうことがありましたっけ？
「パパをおまもりください」はもういったでしょう？
そうだ！　おもいだした　かみさまぼくをおまもりください

ちいさなぼうやがベッドの下にひざまずいている
ちいさなあたまをちいさなおててにのせている
シーッ　シーッ！　みんなしずかにして！
クリストファー・ロビンがおいのりをしているから

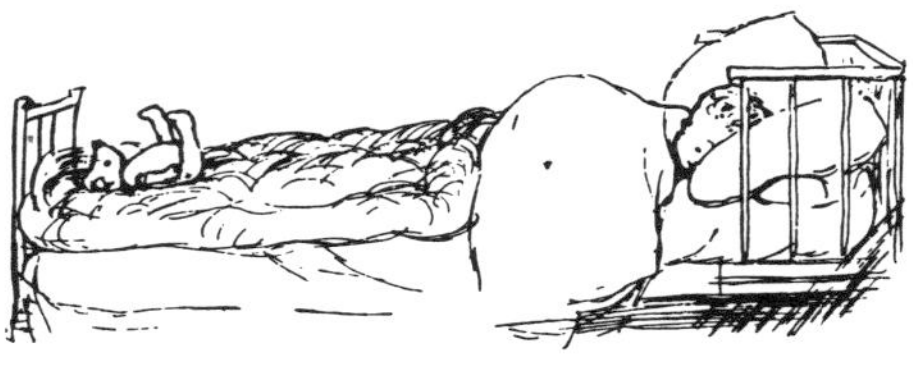

訳《やく》者《しゃ》あとがき

この本《ほん》は、A・A・ミルン『わたしたちがおさなかったころ』（Alan Alexander Milne: *When We Were Very Young*, 1924）を訳《やく》したものです。ミルンがこの詩集《ししゅう》の少《すこ》しあとに出版《しゅっぱん》した『クマのプーさん』（*Winnie-the-Pooh*, 1926）というお話《はなし》は、石井桃子さんの名訳《めいやく》で、むかしから日本《にっぽん》の子《こ》どもたちにも親《した》しまれてきました。私《わたし》たちも子どものころ読《よ》んだものですが、悲《かな》しいかな戦争《せんそう》で甘《あま》いものがまったくない時代《じだい》でしたから、プーさんの大《だい》すきなハチミツがうらやましくてたまりませんでした。

ミルンは、一八八二年にロンドンに生《う》まれ、一九五六年に亡《な》くなりました。彼《かれ》は、雑誌《ざっし》の編《へん》集《しゅう》の仕事《しごと》をしながら、劇《げき》や小説《しょうせつ》や随筆《ずいひつ》などを発表《はっぴょう》し、のちに作家生活《さっかせいかつ》に入《はい》ったのですが、息子《むすこ》のクリストファーが三歳《さんさい》になるころ、子どものための詩を書《か》きはじめ、それをまとめたのがこの詩集です。その後《ご》、クリストファーが六歳のころ、『わたしたちは六歳』（*Now We Are Six*, 1927）という詩集を出《だ》しました、いまは両方《りょうほう》まとめて、『クリストファー・ロビンの世界《せかい》』（*The World of Christopher Robin*）という本にもなっています。

ミルンの詩は、イギリスやアメリカやその他多《たおお》くの国々《くにぐに》で、『クマのプーさん』と同《おな》じように広《ひろ》く読まれ、子どもたちに人気《にんき》があります。クマのプーさんの原型《げんけい》とも言《い》えるような、「テディ・ベア」という詩もこのなかにあり、まだ〈プー〉という名前《なまえ》はついていませんが、ふとっていてなんとなくほほえましい性格《せいかく》はすでにそのクマにあらわれています。

ミルンのこの詩集を読んでいると、子どもの想像力《そうぞうりょく》のゆたかさを実《じつ》によくとらえていることにおどろき、たちまちその世界に引《ひ》きこまれてしまいます。たとえば、「いうことをきかないおかあさん」という詩がありますが、小《ちい》さい子どもにとって、おかあさんがよそゆきの服《ふく》を着《き》て遠《とお》くに行《い》ってしまうことがどんなに不安《ふあん》で心配《しんぱい》か、みんなこれを読むと思《おも》い出すのではないでしょうか。また、「錬金術師《れんきんじゅつし》」という詩のなかで、魔法《まほう》を使《つか》ってなんでも金《きん》にかえてしまうらしいふしぎなおじいさんが出てきますが、おさない子どもにとって、通《とお》りのむこうや公園《こうえん》などでよく見《み》かけるかわったようすのおじいさんやおばあさんが、どんなに興味《きょうみ》をそそられる存《そん》在《ざい》であるか、だれでも経験《けいけん》したことではないでしょうか。

ミルン自身《じしん》、「まずはじめに」に書いているように、一《ひと》つ一つの詩がどんな目《め》でとらえられているかは、読む人《ひと》が自由《じゆう》に感《かん》じとっていいものでしょう。あるものはおさない子どもが見たものだと思われるし、あるものはもっと大《おお》きな子どもや、ときには大人《おとな》の目でとらえていると思われる場合《ばあい》もあります。つまり、ほんとうにかわいらしい子どもの気持《きも》ちをうたった詩もあれば、美《うつく》しい湖《みずうみ》や森《もり》を描《えが》いた大人の抒情詩《じょじょうし》もあるわけです。

それを訳すとき、いちばん問題《もんだい》になったのは、英語《えいご》の音《おと》の美しいひびきをどうあらわすか、ということでした。特《とく》にミルンが、人の名前やむずかしいことばの音を生《い》かして、楽《たの》しい韻《いん》を踏《ふ》んでいるときなど、絶望《ぜつぼう》したくなるほどでした。それでもとにかく、日本語で声《こえ》を出して読みたくなるような調子《ちょうし》を出そう、と心《こころ》がけたつもりです。この本は、まず若子が訳し、それに雄志が手《て》を入《い》れ、最後《さいご》にもう一度《いちど》二人《ふたり》で相談《そうだん》してまとめる、という方法《ほうほう》でできあがったものです。同年《どうねん》生まれの夫婦《ふうふ》にとっては楽しい仕事でしたが、原詩《げんし》の味《あじ》をどれだけお伝《つた》えできるか、ということになると、たいへんな冒険《ぼうけん》を試《こころ》みた思いがします。

なお、出版にあたって、晶文社《しょうぶんしゃ》の村上鏡子さんからさまざまなご助力《じょりょく》を得《え》ました。最後になりましたが心から感謝《かんしゃ》したいと思います。

小田島雄志
小田島若子

*

本書は1978年11月、晶文社から刊行された
『クリストファー・ロビンのうた』を新装復刊したものです。

著者について

A・A・ミルン
Alan Alexander Milne

1882年生まれ、1956年没。イギリスの作家。
世界中の子どもたちの人気者である
「プーさん」の作者としてあまりにも有名である。
著書に『クマのプーさん』シリーズのほか
『赤い館の秘密』『ぼくたちは幸福だった・
ミルン自伝』などがある。

画家について

E・H・シェパード
Ernest Howard Shepard

1879年生まれ、1976年没。
イギリスの挿絵画家、イラストレーター。
『クマのプーさん』シリーズの
挿絵で知られる。
娘のメアリー・シェパードも
挿絵画家。

訳者について

小田島雄志　おだしま・ゆうし

1930年生まれ。東京大学英文科卒業。英文学者、演劇評論家。東京大学名誉教授、
東京芸術劇場名誉館長。シェイクスピアの全戯曲37編の個人全訳である「シェイクスピア全集」
のほか訳書多数。著書に『ぼくは人生の観客です　私の履歴書』ほか多数。

小田島若子　おだしま・わかこ

1930年生まれ。東京大学英文科卒業。小田島雄志との共訳で
『クリストファー・ロビンのうた』『クマのプーさんとぼく』がある。

クリストファー・ロビンのうた

2018年10月20日　初版印刷
2018年10月30日　初版発行

著者　A・A・ミルン
訳者　小田島雄志・小田島若子
絵　E・H・シェパード
装丁　鈴木千佳子
発行者　小野寺優
発行所　株式会社河出書房新社
〒151-0051　東京都渋谷区千駄ヶ谷2-32-2
電話　03-3404-1201(営業)　03-3404-8611(編集)
http://www.kawade.co.jp/
印刷　中央精版印刷株式会社
製本　小髙製本工業株式会社
Printed in Japan
ISBN978-4-309-20756-8

BATH SALTS